Maurice Joseph Didier Ravichio de Peretsdorf

Notice sur le camp d'instruction des troupes sardes établi a Ciriè en 1838

Antigonos

Maurice Joseph Didier Ravichio de Peretsdorf

Notice sur le camp d'instruction des troupes sardes établi a Ciriè en 1838

Réimpression inchangée de l'édition originale de 1839.

1ère édition 2024 | ISBN: 978-3-38605-699-1

Antigonos Verlag est une marque de Outlook Verlagsgesellschaft mbH.

Verlag (Éditeur): Outlook Verlag GmbH, Zeilweg 44, 60439 Frankfurt, Deutschland
Vertretungsberechtigt (Représentant autorisé): E. Roepke, Zeilweg 44, 60439 Frankfurt, Deutschland
Druck (Imprimerie): Libri Plureos GmbH, Friedensallee 273, 22763 Hamburg, Deutschland

NOTICE

SUR LE CAMP D'INSTRUCTION

DES TROUPES SARDES,

ÉTABLI A CIRIÉ EN 1838,

PAR

LE G.ᵃˡ B.ᵒⁿ RAVICCHIO DE PERETSDORF.

AVEC UN PLAN.

PARIS,

LENEVEU LIBRAIRE,

RUE DES GRANDS-AUGUSTINS, 18.

———

1839.

Extrait du Spectateur Militaire.

NOTICE

SUR LE CAMP D'INSTRUCTION DES TROUPES SARDES, ÉTABLI
A CIRIÈ EN 1838 (1).

§ Iᵉʳ. A-siette du camp.

Le camp d'instruction des troupes sardes se trouve
à 19 kilomètres nord-ouest de Turin au débouché de la
vallée de la Stura, entre le Valmaggiore et la Fisca,
affluents de droite du Malone. Il a été assis, dès 1835,
dans les bruyères de Ciriè et de Saint-Maurice, vaste
terrain d'une étendue d'environ 1,330 hectares, limité
au nord et au sud par ces deux torrents. Le plateau
qui les sépare est lui-même partagé dans la même direction par le ruisseau delle Spine, qui prend naissance
dans les bruyères de Cirié, par le Ritorto qui a sa
source dans celle de Grosso, et change son nom en celui de Miana et de Pissoglio, ainsi que par les trois
sources de la Moglia, qui, après leur réunion, pren-
nent le nom de Valmour, torrents qui vont se jeter
dans le Malone.

L'ensemble de ce terrain est donc varié. Le sol,
quoique raviné dans plusieurs de ses parties, offre des
plaines assez étendues où toutes les armes peuvent
manœuvrer. Des bois d'une belle venue en forment la
limite au nord-ouest.

Le camp qui fait face au nord a été établi pour deux
divisions d'infanterie ou huit régiments à trois bataillons, dont six baraqués, et deux campés sous toile.

(1) Voir le plan joint à cette notice.

Ces huit camps de régiments ont été établis sur les points les plus favorables du terrain, et par conséquent ne sont pas sur le même alignement. Les six premiers sont groupés ensemble à 3 ou 400 mètres de distance, le septième et le huitième à 1,200 mètres environ au nord-ouest de ceux-ci. Les camps sous la toile occupent les extrémités de cette ligne brisée. Il y a de plus, entre le quatrième et le cinquième camp de baraques, un camp en toile d'un bataillon. Je dirai plus loin pour qui il est destiné.

Chacun des six camps baraqués contient douze baraques ; chaque baraque construite en planches a de longueur 24^m,64 sur 12^m,32 de largeur ; elle est éclairée par deux fenêtres de 1^m,50 sur 1 mètre, percées sur chaque façade au-dessus et entre les deux portes. Une ouverture longitudinale de 0^m,3 de hauteur règne sur toute l'étendue des longs côtés immédiatement au-dessous de la toiture, à 2 mètres environ au-dessus du sol. Les fenêtres se ferment avec des volets garnis de toile huilée et transparente. Les baraques ont quatre portes disposées symétriquement, deux sur chaque façade. Elles ne sont fermées que par des grilles en bois pour ménager la circulation de l'air. La baraque est partagée dans sa longueur par deux couloirs de 2 mètres de largeur, allant d'une porte à l'autre, et dans son milieu par un passage d'un mètre seulement. La baraque est couverte en tuiles creuses. Des lits de camp tressés règnent le long des grands côtés de la baraque ; il y en a en outre deux autres rangs adossés l'un à l'autre entre les deux couloirs. Au fond de chaque baraque à gauche on a ménagé un cabinet pour l'officier de service. Le cabinet de l'officier n'est garni que d'un lit de camp comme dans nos corps-de-garde.

Les sous-officiers et soldats ont des draps et des couvertures lorsque la température l'exige.

Les fourniments sont pendus à des chevilles plantées au-dessous de la planche à pain, qui est placée au-dessous de l'ouverture longitudinale qui règne sur les flancs de la baraque, et de celle qui est établie au-dessus de la tête des lits de camp qui sont dans son milieu. Seize rateliers disposés symétriquement dans les deux grands couloirs, portent les fusils de la troupe horizontalement.

L'on a calculé que chaque baraque pourrait contenir 130 hommes.

A 24 mètres en arrière des baraques des sous-officiers et soldats sont les logements du petit état-major; à 12 mètres de ceux-ci sont les baraques des capitaines et officiers subalternes, et à 12 mètres plus en arrière, celles des officiers supérieurs. Les fourneaux de cuisine construits en gazon sont placés sous des hangars au milieu de l'intervalle qui sépare le baraquement des soldats de celui du petit état major. Ces hangars ont 25 mètres de long sur 5 de large. Les fourneaux sont économiques.

Les baraques des officiers, construites sur le même modèle, contiennent chacune deux capitaines et quatre officiers subalternes. Les officiers supérieurs occupaient seuls une baraque divisée en quatre pièces.

Des baraques étaient réservées dans chaque régiment pour les ateliers et le petit état-major. Sur la même ligne, il y avait une baraque destinée pour le corps-de-garde contenant un cabinet pour l'officier et la salle de police.

Les camps baraqués sont entourés d'un fossé de 3 mètres de largeur sur 2 mètres de profondeur, dont l'intérieur est garni d'une haie vive ; on ne peut y entrer et en sortir que par des ouvertures pratiquées au centre du front de bandière et sur les petits côtés, et quoique pourvus d'un beau puits et de plusieurs lavoirs pour deux régiments, ils sont encore rafraîchis par un canal d'eau vive dont la prise d'eau se trouve dans la Stura au-dessous de Lanzo, à un mille au nord-ouest de Nole. Ce canal qui a environ 1^m,3o de largeur sur o^m,5o de profondeur, et 1/100 de pente, après avoir baigné les derrières du camp de tentes, arrosé les deux camps baraqués de la gauche en passant derrière les baraques des officiers supérieurs, passe ensuite entre les baraques des soldats et des officiers dans les quatre autres, puis baigne la queue du camp sous toile de la droite avant de se jeter dans la Fisca.

On voit par là quels soins on a pris de la santé du soldat.

Je n'ai rien à dire sur les camps avec tentes ; ils sont en tout conformes aux camps français en tentes de l'ancien modèle, soit pour les tentes, soit pour les fournitures qui sont affectées à chacune d'elles, soit enfin pour leur disposition dans l'arrangement des rues ; seulement j'ai remarqué qu'on ne faisait à la troupe que la fourniture de paille, et qu'elle n'avait pas de couvertures.

§ II. Objet et composition du camp.

On suppose que les troupes rassemblées dans le camp de Ciriè sont en quartier de rafraîchissement pendant la durée d'un armistice, et qu'elles ne doivent pas perdre un moment pour perfectionner leur instruction, renforcer la discipline, et mettre leur habillement et leur armement dans le meilleur état pos-

sible. En conséquence, le corps principal a été bara-
qué ou cantonné dans les villages environnants, et il fait
garder ses quartiers par un certain nombre d'hommes
de toutes armes qui campent sous la toile, et fournit
le cordon d'avant-postes.

Le corps d'armée dont il est question était composé
au mois de septembre 1838 de deux divisions.

1re division.

Brigade de Savoie,	6 bataillons.
Brigade de Savone,	6 —
Régiment de cavalerie de Savoie,	5 escadrons,
Batterie d'artillerie à cheval,	8 pièces dont 2 obusiers.

2e division.

Brigade de Piémont,	6 bataillons,
Brigade d'Acqui,	6 —
Régiment de cavalerie de Piémont-Royal.	4 escadrons,
— — d'Aoste,	: —
Batterie d'artillerie à cheval, 8 pièces dont 2 obusiers.	

Indépendamment de ces 24 bataillons, 10 escadrons
et 2 batteries, il y avait encore un bataillon de tirailleurs (bersaglieri), un escadron du régiment de Novare-
cavalerie destiné à fournir les ordonnances, deux compagnies de sapeurs, une batterie d'artillerie à pied, et
enfin un détachement des carabiniers royaux (gendar-
merie), pour la police du camp.

Ce corps de troupes, fort environ de 15 à 16,000
hommes, était commandé en chef, pour la troisième
fois depuis 1833, origine du camp, par le général chevalier Annibal de Saluces, quartier-maître-général de
l'armée, lequel avait pour chef d'état-major le colonel
comte Franzini.

La 1re division , commandée par le lieutenant-général comte Lamanta, avait pour chef d'état-major le lieutenant-colonel de Brès. La 2e, aux ordres du lieutenant général comte Maffei, avait le lieutenant-colonel chevalier Pellegrini pour le sien.

Au quartier-général principal, ainsi qu'aux quartiers-généraux divisionnaires, était affecté un nombre proportionné d'officiers de différents grades du corps royal d'état-major général qui avaient la direction des manœuvres et des différents services de l'armée (1).

Les bataillons étaient à quatre compagnies de 140 à 150 hommes.

Les brigades ne formaient pourtant que les cadres des deux premiers bataillons effectifs de chaque brigade, dont on avait retranché 2 compagnies pour former le 3e bataillon pendant la durée du camp; mais on avait renforcé les compagnies de deux classes d'hommes soumis au service temporaire, de manière à porter l'effectif de chaque bataillon de manœuvre de 550 à 600 hommes.

(1) Le corps royal d'état-major général piémontais, formé à l'instar de celui d'Autriche, a des officiers très versés dans les sciences transcendantes, et des ingénieurs-topographes très experts dans les différents genres de dessin.

Chargés pendant les camps d'instruction de toutes les branches qui concernent le service des troupes qui s'y réunissent, les officiers d'état-major général servent pour ainsi dire d'encadrement aux différentes armes, et donnent par leurs soins prévoyants, qui embrassent des détails sans nombre, cet ensemble parfait qui constitue une bonne organisation d'armée.

Pour l'ordinaire, le corps royal d'état-major général emploie chaque année, indépendamment de ceux nécessaires au camp d'instruction, le quart de ses officiers, les uns pour finir le réseau trigonométrique de l'intérieur du pays, et les autres pour continuer le lever à la boussole des frontières de l'État.

Les troupes arrivées dans le camp, l'infanterie fut baraquée et campée ; la cavalerie, l'artillerie, les sapeurs et les carabiniers furent cantonnés dans les bourgs de Ciriè et de Saint Maurice, ainsi que dans les villages circonvoisins.

La division de droite campa un régiment sous la toile dans le camp dit du duc de Savoie ; la division de gauche en mit pareillement un autre sous la tente dans le camp dit du duc de Gênes.

Le bataillon de tirailleurs fut campé au centre dans le camp du roi ; il était en partie affecté à la réserve qui s'organisait chaque jour de grande manœuvre avec des troupes détachées momentanément des deux divisions, et à laquelle on ajoutait la batterie à pied. De cette manière, les troupes baraquées et les troupes campées furent très au large, et on put réserver des baraques et des tentes pour les magasins, et les ateliers régimentaires.

Tous les services administratifs furent placés à Ciriè et Saint-Maurice. C'est dans ce dernier bourg qu'était le quartier-général et un hôpital temporaire pour 100 malades ; le grand hôpital était placé au bourg de Caselle.

§ III. Mode et progression de l'instruction.

Suivant l'hypothèse adoptée, les troupes de toutes armes doivent profiter de leur séjour dans les quartiers de rafraîchissement pour perfectionner leur instruction. En conséquence, la première période de la réunion est employée aux exercices de détail de chaque arme en particulier, la deuxième aux exercices d'ensemble, et la troisième aux manœuvres des différentes armes combinées.

Des instructions claires et précises sur le service des avant-postes, des rondes, des patrouilles, des reconnaissances, sur celui des éclaireurs d'infanterie et de cavalerie , sur la manière do combattre de l'infanterie seule contre de la cavalerie appuyée ou non d'artillerie , sont remises lithographiées, en arrivant au camp, aux chefs de tous les corps pour en faire l'objet de conférences avec leurs officiers.

Au commencement de la deuxième période, on leur délivre une série de petits cartons indiquant les manœuvres que chaque division aura à exécuter sur le terrain. Ces petits cartons sont accompagnés d'un cahier de légendes explicatives qui font voir ce que chaque corps et ce que chaque fraction de corps doit faire dans l'exécution de la manœuvre ; l'ordre de la division indique le numéro des manœuvres qui seront commandées le lendemain, en sorte qu'il n'est pas de colonel de chef de bataillon, qui n'ait le loisir de s'y préparer. Ordinairement on exécutait par jour cinq ou six de ces manœuvres dans chaque division dans un exercice de sept à huit heures, pendant lequel il y avait une heure et demie de repos en trois pauses.

Voici l'énoncé des différentes manœuvres qu'on a faites pendant la seconde période du rassemblement.

N° 1. La division étant en ordre de bataille, défile en parade à demi-distance, et fait front à gauche sur une ou plusieurs lignes.

N° 2. La division se forme en colonne serrée sur le 1er peloton du 3e bataillon de chaque ligne, prend ensuite les demi-distances par la tête de la colonne.

N° 3. La division en colonne par peloton à demi-distance se forme en avant en bataille.

N° 4. La division étant en bataille exécute un changement de front perpendiculaire sur la droite du 1er bataillon, l'aile gauche en avant.

N° 5. Marche en bataille de la division : le 3e bataillon donnant la direction.

N° 6. Formation des lignes en colonne d'attaque par division : attaque à la baïonnette, déploiement et feux successifs des deux lignes.

N° 7. Feu concentré d'artillerie sur l'aile droite ennemie ; charge de cavalerie sur cette aile ; carrés obliques par bataillon dans chaque ligne.

N° 8. Marche de flanc par la gauche.

N° 9. Les colonnes étant en marche par la gauche, s'arrêtent et se remettent à droite en bataille.

N° 10. Marche en échelon par bataillon à 80 pas de distance , en avançant par la droite, et reformation de la ligne.

N° 11. Feu de bataillon en avançant.

N° 12. Feu des tirailleurs et d'artillerie sur le front de la première ligne , et mouvements de la deuxième et de la réserve à droite contre l'aile gauche ennemie.

N° 13. Changement de front central oblique sur la gauche du 2e bataillon de première ligne , l'aile droite en avant ; la deuxième ligne reprend l'ordre de bataille.

N° 14. Marche en bataille des bataillons de première ligne , les bataillons impairs ployés en colonne dans les intervalles , déploiement, feux et passages des lignes en avançant, appuyé par la cavalerie de réserve.

N° 15. Changement de front central sur la droite du 3e bataillon de première ligne, l'aile gauche en avant.

N° 16. Feux de bataillon en retraite.

N° 17. Marche par échelons en retraite, par régiment à 150 pas partant de la gauche, soutenue par la cavalerie et l'artillerie de réserve.

N° 18. Carrés doubles par régiment; charge de cavalerie et disposition défensive d'artillerie.

N° 19. La division de l'ordre de bataille se forme en colonne serrée par peloton, fait face à gauche, en ordre, alternativement massé et déployé.

N° 20. La division remise en colonne à droite à demi-distance, se reforme faisant face en arrière en bataille sur le 1er peloton du 2e bataillon de la deuxième ligne; la reserve soutient le mouvement.

N° 21. Passage du défilé en avant, et formation successive sur la droite obliquement au défilé.

N° 22. Changement de front oblique sur le dernier peloton du 5e bataillon, la droite en avant.

N° 23. Passage des lignes en retraite.

N° 24. Passage du défilé en retraite derrière le centre de la division, soutenu par la cavalerie et par une demi-batterie à cheval.

N° 25. Marche en échelons en colonne par division, faisant front obliquement à droite; charge de cavalerie, et formation des hexagones et des trapèzes.

N° 26. Marche de la division en échelons de bataillon à 100 pas, le mouvement commençant par la gauche par les bataillons formés en colonne et suivi par la droite, dont les bataillons sont en masse; attaque sur la droite ennemie.

N° 27. La division attaquée sur le flanc gauche fait front, ploie chaque brigade sur deux lignes, et après avoir repoussé l'ennemi, reprend l'ordre primitif de bataille.

N° 28. Retraite de la division en colonne en échiquier à 100 pas de distance soutenue par la cavalerie; for mation des carrés, et reformation des lignes sur les bataillons impairs.

N° 29. La division menacée de tous côtés par une nombreuse cavalerie, lui fait face par des carrés disposés en échiquier; marche des carrés sur le flanc droit et charge de cavalerie.

N° 30. La division étant en marche en colonne par peloton, change de direction sur le flanc gauche, se replie en échelons le centre en avant, forme les carrés et reprend l'ordre de bataille.

N° 31. Attaque sur l'aile gauche ennemie précédée par des démonstrations sur l'aile droite. Attaque à la baïonnette, charge de cavalerie; reprise de l'ordre de bataille.

Les mêmes moyens sont employés pour les manœuvres qui s'exécutent pendant la dernière ou troisième période du camp. On remet aux généraux et aux chefs de corps le programme des manœuvres qui doivent s'exécuter, avec une série de petits cartons où chacune d'elles est figurée sur le terrain où elle aura lieu.

Voici l'énumération de ces manœuvres :

1re *opération*. La division dans l'ordre de bataille se forme en colonne par peloton, par régiment, et marche en échelons à 300 pas, la droite commençant le mouvement.

2e *opération*. La division fait face à gauche. Un régiment de la 2e brigade entre en ligne à gauche de la 1re; un détachement est envoyé au pont de la Fisca sur le chemin de Saint-Maurice, un autre vers la source du ruisseau della Valle.

3e *opération*. Changement de front sur le 3e bataillon de première ligne, l'aile gauche en arrière. Charge de cavalerie ; retraite, carrés obliques et feux de rang.

4ᵉ *opération*. Marche de la division en retraite ; changement de direction à gauche dans chaque ligne et réunion sur la rive gauche du ruisseau della Valle ; le détachement envoyé sur le chemin de Saint-Maurice appuie le mouvement.

5ᵉ *opération*. Retraite de la division par échelons en colonne par bataillon ; mouvement de cavalerie et d'artillerie sur la rive gauche du Ritorto. La 1ʳᵉ brigade se reforme face au midi ; la 2ᵉ en ordre inverse forme un angle sur la droite de la 1ʳᵉ, faisant face à l'ouest.

6ᵉ *opération*. Charge de cavalerie sur la rive gauche du Ritorto ; elle se retire derrière la 2ᵉ brigade, qui, soutenue en deuxième ligne par la 1ʳᵉ brigade, se déploie et exécute des feux de bataillon.

7ᵉ *opération*. Passage de ligne en retraite protégé par la cavalerie et l'artillerie ; disposition défensive sur la lisière du bois en arrière ; précautions propres à assurer la retraite sur Front et le passage du pont du Malone.

8ᵉ *opération*. Une division en marche de Corio à Turin se replie à gauche sur la bruyère à la rencontre d'une division ennemie, qui se portait vers le même point par le chemin de Front, se retourne vers l'ouest ; mouvements de l'avant-garde par les chemins de Saint-Charles et la route de Saint-Jean.

9ᵉ *opération*. Première rencontre sur la route de Saint-Jean avec l'avant-garde ennemie. Jonction du corps central de la colonne arrivant par le chemin de Saint-Charles ; l'infanterie prend position, la cavalerie poursuit celle de l'ennemi.

10e *opération.* La cavalerie de la division repousse l'avant-garde ennemie et charge sans succès la première ligne. L'infanterie s'avance comme pour menacer l'aile droite ennemie.

11e *opération.* Réunion de l'avant-garde sur les bruyères. Feu des tirailleurs soutenus par la cavalerie sur le nouveau front de l'ennemi ; attaque de la 1re brigade sur son flanc, et marche de la 2e brigade sur la ligne de retraite ennemie.

12e *opération.* La cavalerie de la division repousse celle de l'ennemi. La 2e brigade se déploie en ligne à 300 pas de lui ; feu de demi-bataillon ; le 4e bataillon de la 1re brigade passe en deuxième ligne derrière la droite de la première.

13e *opération.* La 2e brigade se forme en colonne d'attaque entre la ligne ennemie, le 3e bataillon de la 1re brigade y concourt sur la droite ; attaque de la cavalerie, déploiement de la première ligne.

14e *opération.* Pour le passage de la Fisca ; menace sur la droite de la position ennemie ; attaque sur le centre qui est repoussé.

15e *opération.* Attaque sur l'extrême gauche de la position ennemie ; les colonnes latérales y concourent contre le flanc gauche. Réunion de la division sur les bruyères.

16e *opération.* Marche de la division en échelons, la gauche en avant ; l'aile droite marche en ligne avec le dernier échelon du centre ; attaque sur le centre et sur l'aile gauche de l'ennemi.

17e *opération.* Marche de la division en retraite sur les bruyères ; dispositions pour repasser sur la rive droite de la Fisca, où la 2e brigade et la réserve reprennent position.

18ᵉ *opération*. Une division postée à l'extrémité des bruyères de Saint-Maurice prend les premières précautions défensives le long de la Fisca ; attaquée au sud, elle repousse l'ennemi.

19ᵉ *opération*. Retraite de la division sur les deux bords du ruisseau della Valle; elle se remet de front en position oblique, la droite en arrière de la Moglia-di-Mezzo, et la gauche appuyée au versant du torrent de Miana.

20ᵉ *opération*. La division, attaquée successivement à droite le long de la Moglia, au centre et à gauche sur le bord du ruisseau della Valle, repousse vigoureusement l'attaque.

21ᵉ *opération*. La division poursuit vivement l'ennemi; elle le force à évacuer les bruyères et à repasser sur la rive droite de la Fisca.

22ᵉ *opération*. Une division en position défensive entre le ruisseau delle Spine et le Ritorto le long du chemin de Front, reprend l'offensive, menaçant l'ennemi sur les ailes.

23ᵉ *opération*. La division arrêtée de front au grand ravin, y attaque l'ennemi sur le flanc droit, et le poursuit jusqu'au chemin de Ceretti.

24ᵉ *opération*. La division déloge l'arrière-garde ennemie appuyée au ruisseau de Barbania , et marche à gauche pour prendre à revers la position derrière le ruisseau de la Gurgata.

25ᵉ *opération*. Un fort détachement de la division est repoussé sur le flanc droit de l'ennemi; dans le même temps la division attaquée est forcée à se replier jusqu'au chemin de Ceretti.

26ᵉ *opération*. Une division en position oblique entre le Ritorto et le ruisseau delle Spine à hauteur de la petite ferme Bonino, étant attaquée à l'est, se retire pour occuper une meilleure position.

27ᵉ *opération.* La division se défend le long du grand ravin ; repoussée à droite, elle se retire et prend position derrière le ruisseau della Gurgata, laissant l'arrière-garde sur le ruisseau de Barbania.

28ᵉ *opération.* La division menacée sur l'aile droite abandonne la position qu'elle avait derrière le ruisseau della Gurgata pour se remettre en bataille sur les hautes bruyères.

29ᵉ *opération.* La division profitant de la séparation des forces de l'ennemi, en attaque l'aile droite avec plus de vigueur, et la poursuit jusqu'au ruisseau de Barbania.

Pendant ces deux dernières périodes, les troupes d'artillerie et du génie, tout en concourant aux manœuvres en rase campagne où elles sont nécessaires, exécutent les travaux qui leur sont propres dans l'attaque et la défense des places. Elles sont aidées dans ceux-ci par des hommes de corvée d'infanterie, auxquels on passe une gratification équivalente à un quart de journée de terrassier du pays. Cette année on a exécuté deux fronts d'un pentagone composé d'un bastion et deux demi-bastions, et l'on a parcouru toutes les périodes d'un simulacre de siége.

§ IV. Observations sur l'instruction, les officiers-généraux et les troupes.

Les détails dans lesquels nous venons d'entrer prouvent qu'on ne néglige rien pour donner à l'instruction la clarté et la célérité désirables.

La distribution des progammes, imitée des armées allemandes, est un excellent moyen de fixer dans l'esprit des mouvements fugitifs de leur nature, et d'apprendre les manœuvres aux officiers d'état-major, aux

chefs de corps et aux officiers-généraux ; mais on re-
marquera sans doute que leur progression laisse quel-
que chose à désirer, et que l'on a compris dans le
nombre des opérations primaires des manœuvres qui,
par leur complication, seraient naturellement mieux
rangées dans la série des opérations secondaires. On
y trouve d'ailleurs des manœuvres peu praticables
à la guerre, et plus propres à faire briller la dextérité
des troupes dans un camp d'instruction, qu'à obtenir
d'heureux résultats en campagne. Je ne conseillerais
jamais à une division menacée par une cavalerie su-
périeure en nombre, d'essayer de repousser ses charges, en formant des trapèzes ou des hexagones, comme
cela s'est pratiqué par forme d'essai au camp de
Ciriè.

L'instruction des troupes nous a paru parfaite. Les
régiments d'infanterie, quoique composés de peu de
soldats permanents et d'un grand nombre de soldats
provinciaux appelés momentanément sous les drapeaux,
manœuvraient avec aisance et adresse; les guides et
les officiers subalternes n'abandonnent jamais la place
qui leur est assignée par les règlements dans toutes les
évolutions; les commandements des chefs de bataillon
se font avec aplomb et d'un ton convenable; chacun sait
ce qu'il doit faire en toute circonstance. Il n'est pas
jusqu'au Prince Royal, duc de Savoie, qui ne manie
son bataillon comme un vieux major.

Le bataillon de tirailleurs de création récente est
armé de carabines-*Delvigne*, et paraît destiné à jouer
un grand rôle dans la guerre de montagne, ces cara-
bines ayant une grande justesse de tir.

La cavalerie est composée d'une belle espèce d'hommes et bien montée ; ses chevaux proviennent d'Alle-

magne. L'instruction individuelle est satisfaisante ; celle d'ensemble pourrait être poussée plus loin ; toutefois nous avons vu exécuter de très belles charges par le régiment de Piémont-Royal, commandé par le prince de Savoie-Carignan. Quoique le terrain sur lequel elles se firent fût accidenté, pas un homme ne tomba, pas un ne fut emporté ou retenu en arrière.

L'artillerie à cheval entend le rôle qu'elle doit remplir sur un champ de bataille ; elle a parfaitement secondé les mouvements de la cavalerie ; elle se développe à propos, place les bouches à feu avec intelligence et exécute les feux avec une grande vivacité. Le matériel ne laisse rien à désirer, il est bien attelé ; les chevaux sont bien dressés et harnachés avec une légèreté qui n'exclut point la solidité. Les canonniers conducteurs sont très habiles. Les officiers de cette arme sont aussi instruits dans la partie théorique de l'artillerie que dans la pratique. Beaucoup d'entre eux ont parcouru l'Europe pour y étudier les divers systèmes qui y ont été admis depuis vingt ans, et sont retournés dans leur patrie riches des connaissances qu'ils ont acquises dans ces voyages scientifiques.

Il s'est fait un grand changement dans l'armée Sarde depuis huit ans. Les hauts grades ne sont plus le partage exclusif des vieux officiers sans expérience ; peu à peu, le roi actuel a écarté ses anciens serviteurs pour les remplacer par des militaires expérimentés, ou par de jeunes officiers formés dans les écoles instituées depuis plus de vingt ans.

Les officiers-généraux que nous avons vus au camp nous ont paru capables. On sait que le chevalier Annibal de Saluces a servi dans nos rangs avec distinction ; son chef d'état major, le colonel Franzini, a fait ses

premières armes dans l'artillerie française pour l'ex-
pédition de Russie. Les lieutenants-généraux comtes
Lamanta et Maffei sont des anciens militaires qui ont
bien fait la guerre ; le général-major chevalier Olivieri,
commandant la réserve, a quitté le service de France
comme capitaine de chasseurs à cheval, après avoir
fait les quatre dernières campagnes de l'empire. Ces
officiers, et d'autres dont je ne me rappelle pas 'les
noms, ont prouvé par l'aplomb qu'ils ont montré pendant les manœuvres, qu'ils ne seraient pas embarras-
sés en présence de l'ennemi. Ils donnent une idée très
avantageuse de l'état-major de l'armée sarde.

§ V. Traitement des officiers-généraux et autres, ainsi que de la troupe pendant la durée du camp.

Les troupes et les officiers de tout grade ont été très
bien traités pendant leur séjour dans le camp de Cirié.
Les sous-officiers et soldats recevaient chaque jour une
ration de vivres consistant en une livre et demie de
pain de munition de blé-froment, 6 onces de viande,
6 onces de pain de soupe, alternativement 5 onces de
riz ou de pâte, un quart de litre de vin. Cette fourniture leur était faite aux dépens de la masse d'ordinaire, mais on ne leur retenait que 20 centimes, en
sorte qu'il leur restait encore 10 centimes par homme
et par jour pour subvenir à l'achat du sel, de la graisse
et des autres menues dépenses de l'ordinaire. Le bois
et la paille de couchage leur étaient fournis gratuite-
ment par les soins de l'administration. Les officiers
pouvaient se faire délivrer, suivant leur grade, une ou
deux rations de vivres pour leur domestique, sauf à en
opérer le remboursement, au prix du marché, dans le
trimestre suivant.

Les officiers de toutes armes vivaient ensemble à des tables communes pour chaque grade, tenues par des restaurateurs qui étaient venus s'établir au camp. Le prix des repas était très modéré, et avait été fixé par l'état-major général. Les comestibles et les boissons qui se consommaient dans les cantines et dans les restaurants étaient également taxés à des prix raisonnables.

Tous les officiers, à partir du grade de capitaine, y compris les chirurgiens et les aumôniers, jusqu'à celui de sous-lieutenant, ont joui d'une indemnité d'un franc par jour, depuis le jour de leur départ de leur garnison jusqu'à celui de leur retour. Cette indemnité a été de 10 francs pour les maréchaux de camp, et de 15 pour les lieutenant-généraux. Ces allocations en argent et en nature, quoique assez modiques, ont satisfait à tous les besoins, et je n'ai entendu aucune plainte, aucune réclamation s'elever sur cette disposition. J'oubliais de dire que tous les officiers supérieurs ont joui d'une ration de fourrage en nature indépendamment de celle qui leur est accordée en temps de paix.

§ VI. Observations générales et conclusion.

Le camp de Ciriè n'a pas duré moins de six semaines, du 20 août au 28 septembre; mais le mauvais temps a souvent contrarié les manœuvres. Le roi, dans cette intervalle, y est venu huit ou dix fois. Il a passé une revue d'ensemble de chacune des deux divisions, les a fait manœuvrer trois ou quatre fois, et a assisté, le 18 septembre, au simulacre d'ouverture de la tranchée contre le fort élevé en avant du centre du camp, près du chemin de Front entre le Ritorto et la Moglia; un autre jour il a visité les hôpitaux de Saint-Maurice et de Caselle où les intempéries de la saison avaient jeté un certain nombre de malades, qui toutefois n'a jamais dépassé le 15e de la force totale. La proximité du camp de la capitale le dispense de venir s'y établir à demeure; mais le soin tout particulier qu'il prend depuis trois ans de l'embellir, d'y procurer aux troupes toutes commodités compatibles avec les exigences du service, le choix du général qu'il a fait pour le commander, la direction qu'il a donnée à l'instruction, le temps que les troupes y consacrent, sont des preuves qu'il a compris qu'il ne pouvait garder les Alpes qu'avec une armée bien instruite et bien disciplinée, et que toutes ses pensées sont dirigées vers ce but. A en juger par ce dont j'ai été témoin, ses efforts ont déjà obtenu de beaux résultats. Les deux cinquièmes des brigades de Savoie et de Savone, quoique composées de soldats provinciaux, qui, depuis 1833, n'avaient pas été appelés sous les drapeaux, pareil nombre des brigades d'Acqui et de Piémont, qui n'y avaient pas paru depuis 1832, rejoignirent leur dépôt après cinq ou six ans de congé, sans laisser un homme en arrière au premier appel, et après quinze jours d'exercice de détail, le disputaient en tenue, en instruction et en air martial aux hommes de service permanent.

L'espèce d'hommes que recrute l'armée est belle et belliqueuse, endurcie aux fatigues et facile à ployer au joug de la discipline. Pendant le peu de temps que nous avons passé au camp, nous en avons eu la preuve. Quoique le service se fît avec toute la ponctualité autrichienne, les gardes du camp n'avaient presque pas de prisonniers; un seul lieutenant s'étant permis d'appeler en duel son capitaine, qui lui avait infligé les arrêts pour infraction au règlement, fut traduit devant un conseil de guerre qui le condamna à la destitution et à une année de prison. Le jugement reçut son exécution à la satisfaction générale. Les jeux bruyants, et tous ceux qui ne sont pas autorisés par la politesse, les bals, les festins, les repas de corps, étaient sévèrement défendus. Aussi n'y eut-il ni les querelles, ni les batteries, ni les duels, qui en sont les suites inséparables. Dans leurs moments de loisir, les officiers lisaient, les soldats travaillaient à embellir leur camp, ou s'exerçaient à des jeux gymnastiques.

Les dimanches et les fêtes, il y avait messe dans chaque camp, puis revue en armes; toutes les gardes, même celle de police, étaient momentanément relevées pour remplir ce devoir religieux.

L'armement, l'habillement et l'équipement des troupes ne laissaient rien à désirer. J'ai déjà fait connaître mon opinion à cet égard dans les notices que j'ai publiées, et je crois pouvoir me dispenser d'entrer dans de plus amples détails à ce sujet.

Le g^{al} b^{on} Ravicchio de Péretsdorf.

ROUPES SARDES

38:

ur la Ligne A.B.

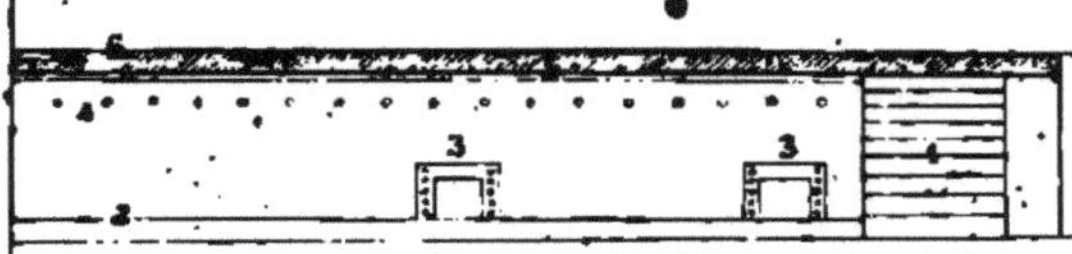

4. Chevilles en bois pour la giberne et le sabre.
5. Planche au pain.
6. Ouverture sur toute la longueur de la baraque.

Baraque pour 150 hommes.

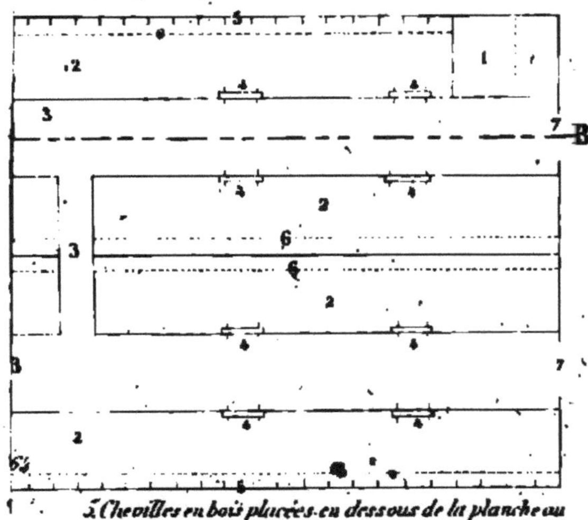

5. Chevilles en bois placées en dessous de la planche au
pain, pour y suspendre la giberne et le sabre.
6. Planches au pain.
7. Portes.

NOTICE

SUR LE CAMP D'INSTRUCTION

DE MONTECHIARO (1).

MONSIEUR LE DIRECTEUR,

J'ai lu avec intérêt l'article que M. le général Ravichio a publié sur le camp d'instruction de Cirié. Ce camp est certainement un bel établissement; mais en rappelant mes souvenirs, je crois que celui de Montechiaro, construit par ordre du prince Eugène, alors vice-roi d'Italie, que l'état-major piémontais semble avoir eu l'intention de prendre pour modèle, l'emportait beaucoup par la régularité de ses distributions, la solidité et la forme de sa construction.

La plaine de Montechiaro, en grande partie inculte, offrant par son étendue un vaste champ de manœuvres, et, par la quantité de gros bourgs et de villages dont il est environné, des cantonnements commodes pour les troupes, Napoléon résolut d'y réunir et d'y faire manœuvrer l'armée d'Italie. Peu de jours après son couronnement à Milan, comme roi d'Italie, 35,000 hommes d'infanterie, 4,500 de cavalerie, avec 8 ou 10 batteries furent réunis, au mois de mai 1805, dans cette plaine rendue célèbre neuf ans auparavant par la victoire signalée que les Français remportèrent sur les Impériaux. La tente du

---

(1) Voir le plan joint à cette notice.

souverain était placée sur la *Motta di Ghedi*, d'où l'on dé-
couvre tout le pays. Jamais réunion de troupes ne fut
plus imposante : la tenue était parfaite, la discipline
exemplaire, et l'instruction ne laissait rien à désirer. Les
manœuvres furent magnifiques dans leur simplicité,
car alors soldat et général, chacun savait son métier ;
l'armée n'était pas empestée de ces manœuvriers de
cabinet, qui visent dans leurs évolutions compassées à
faire avec les troupes des figures de géométrie pour
l'amusement des princes et des oisifs. L'année sui-
vante, le vice-roi ayant reçu l'ordre de l'empereur d'é-
tablir deux camps pour exercer les troupes italiennes,
désigna la plaine de Montechiaro et celle de Saint-
Gotardo, près d'Udine, pour points de rassemblement.
Le camp de Montechiaro devait être tracé selon les
règles ordinaires de la castramétation, et on avait le
projet de construire les baraques en pans de bois avec
remplissage en briques, et de les couvrir en tuiles
creuses. Le chef de bataillon du génie Haxo, ayant ap-
pris que le camp devait être annuel, fit observer qu'il
y aurait un grand avantage à adopter le tracé du camp
romain ; que les troupes seraient plus réunies, et qu'en
environnant le camp d'un retranchement, il n'y aurait que quelques débouchés à garder pour les empê-
cher de se répandre dans la campagne. Il ajouta que la
construction des baraques proposée n'offrait pas une
solidité en rapport avec la dépense qu'elle nécessi-
terait, et il proposa de les construire en maçonnerie
de cailloux dont la plaine à portée abonde, avec les
angles et jambages des portes et croisées en briques.
Les pans de maçonnerie devaient être reliés par des
assises de deux cours de briques distants entre eux de
$0^m,80$; le tout en mortier de chaux et sable, et la cou-

verture en tuiles creuses, sur charpente doublée en dessous, en planches de sapin blanchies d'un côté. Ce plan ayant été approuvé, on se mit à l'œuvre au printemps de 1806.

L'emplacement du camp fut choisi à droite de la route de poste de Brescia à Mantoue, à dix milles de Brescia, à distance presque égale de Castenedolo et de Montechiaro.

La forme du camp présentait un carré dont un des côtés était arrondi; chacun des trois autres contenait le campement de 4 bataillons de 9 compagnies; le côté opposé à celui qui faisait face à la route était destiné au quartier du vice-roi et à ceux de l'état-major-général. Dans l'intérieur du camp, parallèlement au rang des baraques des officiers, et à la distance de 10 mètres, on fit une plantation de six rangs d'acacias et de platanes; une semblable plantation fut faite dans les angles du camp, vers la route et sur les principales avenues. Sur le quatrième côté, derrière les quartiers des généraux et autour du quartier du Prince, on devait former des jardins à l'anglaise.

Les travaux furent poussés avec la plus grande activité. On commença à bâtir sur le côté qui faisait face à Montechiaro, et on continua sur le côté vers la route; dès l'automne de 1807, 400 baraques étaient achevées, ainsi que le nivellement des rues et seize puits en maçonnerie de 20 mètres de profondeur. Le camp fut occupé en 1808, et continua à l'être les années suivantes, souvent deux fois par an.

Les officiers-généraux étaient cantonnés dans les villages et les maisons de campagne les plus proches du camp, ainsi que l'artillerie et la cavalerie; le vice-roi avait lui-même arrêté le plan de son hôtel et celui

des bâtiments destinés pour le chef de l'état-major,
pour ses aides-de-camp, les capitaines de ses gardes
d'honneur, ainsi que pour les généraux de division et
de brigade. Ces bâtiments auraient contenu des écuries
et des remises pour son service et celui de sa suite. Il
avait fourni lui-même les données des pièces dont
chaque quartier devait être composé, ainsi que les
dimensions générales en étendue et en hauteur; et on
devait mettre ce projet à exécution aussitôt que les
dernières baraques de la troupe seraient achevées.

En attendant, dans le temps des grandes manœuvres,
on plaçait en tête du camp une magnifique tente sub-
divisée en plusieurs grandes pièces ; chaque pièce
était doublée en percale à fleur et garnie de chaises
pliantes en même étoffe. Cette tente avait coûté
75,000 fr.

Chaque baraque de soldats avait été faite pour
24 hommes, mais elle aurait pu en contenir 32 avec un
peu de gêne. Elle était fournie d'un mobilier consistant
en deux tables, en planches à pain et à bagages, ainsi
qu'en rateliers d'armes; de manière que le soldat, au
moyen de la demi-fourniture qu'on lui délivrait, était
aussi commodément et plus sainement dans ce camp
que dans les casernes des grandes villes.

Les puits fournissaient assez d'eau très bonne pour
la cuisson des aliments; mais pour en avoir pour la
propreté et arroser les plantations, on creusa entre la
plantation et les baraques un canal de 1 mètre de
largeur dans le fond, 2 mètres de largeur moyenne en
haut, et 1 mètre de hauteur moyenne. Des ponceaux
en maçonnerie étaient établis dans l'alignement des
différentes avenues. La quantité d'eau ; dans les temps

ordinaires, remplissait plus de la moitié du canal, et dans les temps pluvieux on était obligé d'en détourner une partie, afin qu'elle ne débordât pas.

Le gouvernement, pour avoir l'eau en toute propriété, et ne pas dépendre des particuliers, ordonna en même temps de prolonger ce canal pour prendre l'eau dans le *Naviglio* à Treponte; ce canal avait de 6 à 8 kilomètres de long, de Treponte au camp; il avait 14 ponts dans le prolongement des différents chemins de communication, et 13 conduits en siphon passant sous le canal pour ne pas interrompre les canaux particuliers d'arrosage et d'écoulement. Des canaux en maçonnerie passaient sous les routes de poste de Brescia à Vérone, et de Brescia à Mantoue.

La plantation, régulièrement arrosée et fumée, avait poussé très vite, et dès la deuxième année elle procurait un ombrage très agréable; l'entrepreneur qui l'avait fournie était chargé de son entretien.

Lorsque les Autrichiens envahirent le royaume d'Italie en 1814, le camp était presque achevé. Il renfermait des baraques pour dix bataillons de 1,000 hommes chacun; il n'en manquait plus que pour deux bataillons, mais aucun des bâtiments destinés à l'état-major n'avait encore été commencé. Nous ignorons ce que ce camp est devenu. Il paraît qu'il a été détruit en haine de la domination française. Les Autrichiens doivent le regretter, car il eût admirablement servi aux rassemblements de troupes qui exécutent chaque année des grandes manœuvres entre la Chiese et l'Adige.

Nous avons dit que ce camp fut établi d'après le projet du chef de bataillon du génie Haxo; nous devons ajouter que les détails d'exécution en furent suivis par le capitaine Rolando, Torinais de naissance, alors au service du royaume d'Italie comme capitaine du génie, et mort en retraite à Paris l'année dernière.

Tous les travaux avaient été faits par gérance, mais on avait passé des marchés pour les fournitures des briques, de la chaux, de la charpente et du mobilier. Voici l'aperçu de ce qu'il a coûté.

Pour une baraque complète y compris $0^m,40$ de hauteur moyenne de fondation 1,000 fr., et pour 540 baraques,   540,000 fr.

Pour le nivellement des routes,   10,000

Pour la construction de 20 puits en maçonnerie, avec parapets en pierre de taille et croisillon en fer portant des poulies en bronze montées en fer, avec chaînes, et deux seaux à chaque puits,   53,000

Pour la plantation de 4,064 arbres avec tuteurs en châtaignier,   20,000

Pour le retranchement de la moitié du camp.   10,500

Pour le canal et la conduite de l'eau,   40,000

Pour 26 latrines provisoires, en charpente,   2,500

Total   676,000 fr.

UN VÉTÉRAN DE L'ARMÉE D'ITALIE.

Paris. — Imprimerie de Bourgogne et Martinet,
rue Jacob, 30.

PLAN DU
aire 1 Aout 1834
A. Quartier
B. Le Gard
C. Quartier
du Gén
D. Quartier
Capitain
E. Quartier
F. Fourrier
G. Quartier
de Brigad
H. Ligne d
et Infant

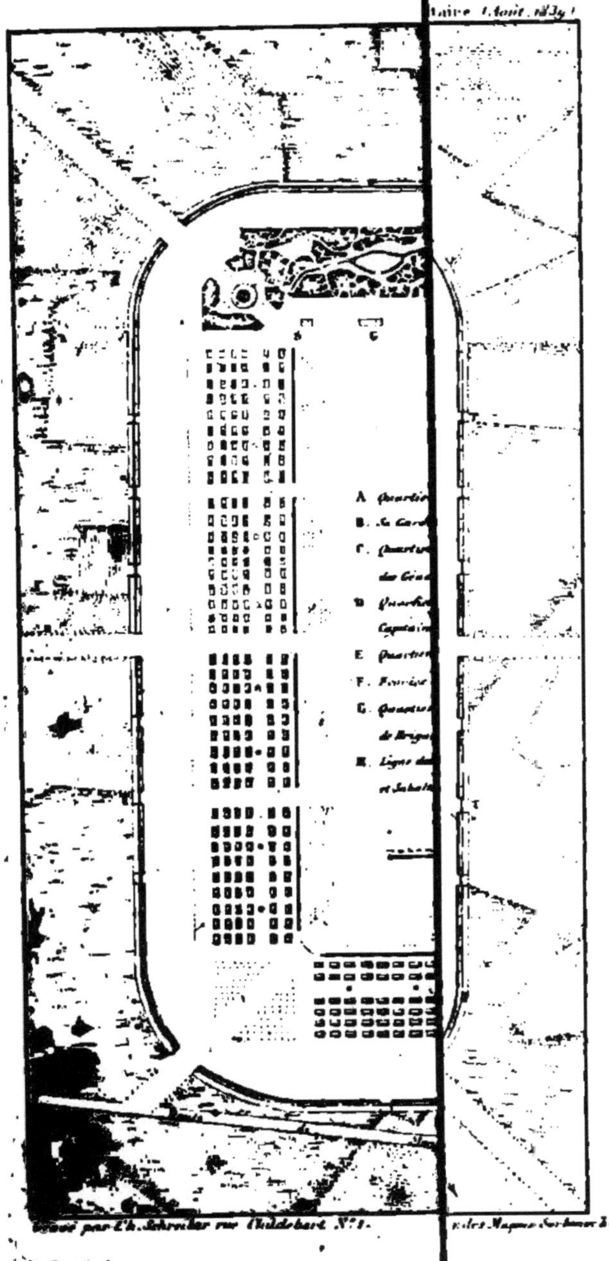

Dessiné par Ch. Schroder rue Childebert N°1.